дерево

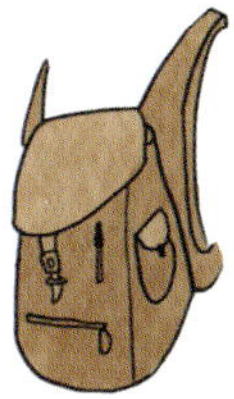

рюкзак

куст

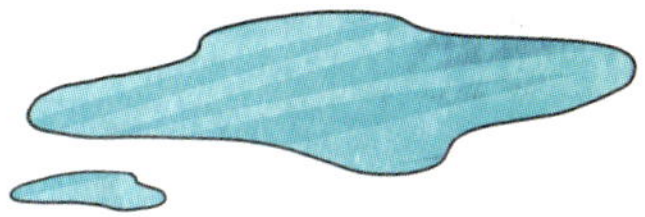

лужа

синичка Соня

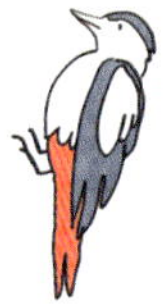

дятел

воробей

сова

птенцы

синичка Соня

В лесу так много разных интересных животных. Вот дятел стучит по стволу дерева, а вот воробей собирает крошки на тропинке. Сколько птиц ты сможешь здесь найти?

Посмотри, как трудятся маленькие муравьи, никто не остался без дела! А что делают другие обитатели леса?

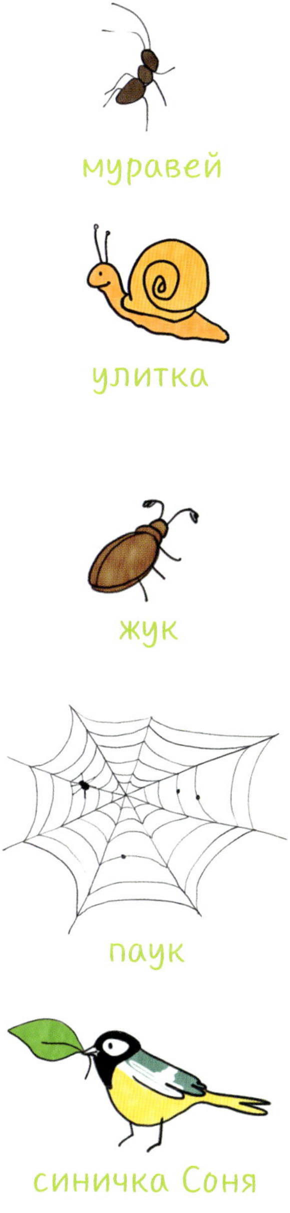
муравей
улитка
жук
паук
синичка Соня

опята

белый гриб

мухомор

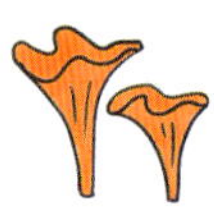

лисички

синичка Соня

Ух ты, как много грибов! Тёма нашёл такой красивый гриб, но, кажется, он несъедобный… А какие грибы ты знаешь?

Тс-с-с! Кто это
притаился на болоте?

цапля

лягушка

кувшинка

рогоз

синичка Соня

яблоки

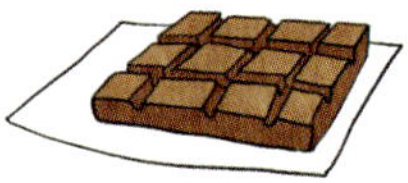

шоколад

бутерброды

сок

синичка Соня

На свежем воздухе всегда просыпается аппетит.
Пора устроить небольшой пикник!
Кое-кто решил присоединиться и тоже перекусить.

М-м-м! Какие вкусные ягоды и орехи!
Знаешь, как они называются?

ежевика

малина

лесные орехи

черника

синичка Соня

белка

ёж

заяц

лось

синичка Соня

Чтобы не нарушать покой местных жителей, нужно вести себя в лесу очень тихо! Сможешь найти всех зверят?

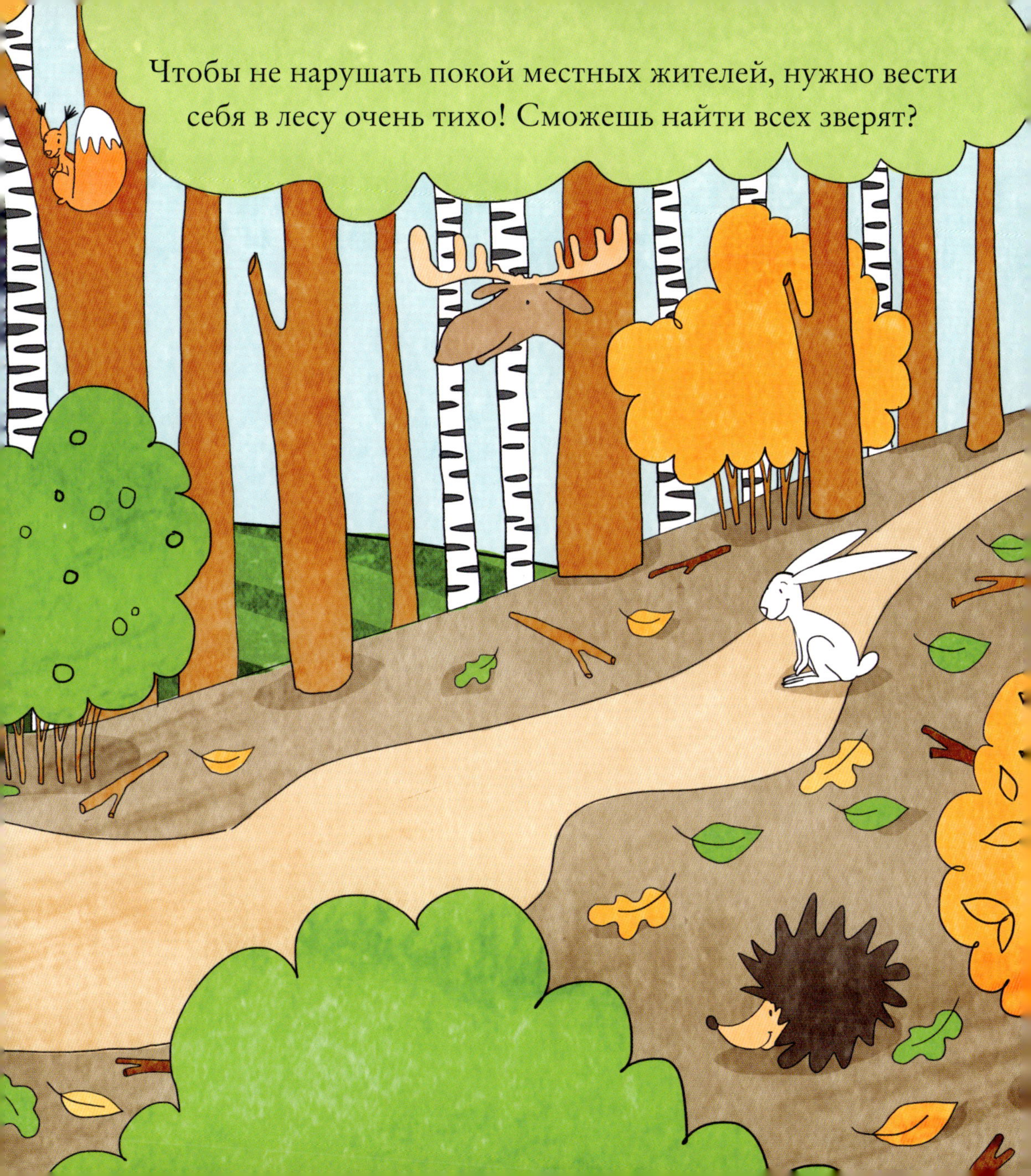

Ой, кто эти речные трудяги? Кто строит плотину? Лера и Тёма с любопытством рассматривают речных обитателей. А что делает синичка Соня?

бобр

утка

стрекоза

рыбка

синичка Соня

жёлуди

лист клёна

лист берёзы

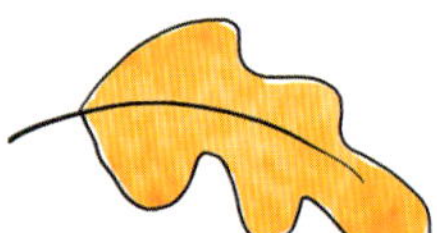

лист дуба

синичка Соня

Какие красивые разноцветные листья! Надо обязательно будет сделать гербарий, а из желудей получатся отличные человечки!

Пора домой. Лера и Тёма очень довольны прогулкой, они узнали столько нового и интересного! А тебе понравилось гулять по лесу?